KB266547

사람아, 너는 봄의 고향이다

사람아, 너는 봄의 고향이다

초판 발행 2026년 4월 10일
지은이 양광모
펴낸이 김선기
펴낸곳 (주)푸른길
출판등록 1996년 4월 12일 제16-1292호
주소 (08377) 서울시 구로구 디지털로 33길 48 대륭포스트타워 7차 1008호
전화 02-523-2907, 6942-9570
팩스 02-523-2951
이메일 purungilbook@naver.com
홈페이지 www.purungil.com
ISBN 979-11-7267-103-7 03810

푸른길

사람아, 너는 봄의 고향이다

양광모 짧은 시 모음

푸른길

시인의 말

詩는 함축과 생략의 문학이다.

시간과 장소에 구애받지 않고
몰입하여 시를 읽을 수 있도록
짧은 분량의 작품들을 엮어보았다.

잠깐 입안에서 흥얼거리기만 해도
누구나 몇 편은 손쉽게 외울 수 있을 것인데
나 또한 '권주가'를 비롯해
여러 편의 시를 이런저런 자리에서 애송하고 있다.

시를 외워서 낭송하는 사람!
그의 삶은 한 편의 아름다운 詩가 되리라.

차례

II. 살아 있는 한 첫날이다

Ⅳ. 기다리는 것들이 돌아오지 않아 삶이 아플 때

I

봄은 어디서 오는가

인생

자주
막막하고

이따금
먹먹해도

늘
묵묵하게

인생

자주
막막하고

이따금
먹먹해도

늘
묵묵하게

봄

봄은 한 글자

그래도 가장 먼저 꽃을 피운다

행복

별을 따려 애쓰지 말 것

지금 지구라는
별에 살고 있다는 사실을 기억할 것

낙조落照

울며 떨어지는
붉은 새 한 마리

내일은
새 세상 오너라

노을

뺨 두 쪽 물들이는데
하루가 걸린다

일생을 건 게다

사량도

사랑으로도
삶이 뜨거워지지 않을 때

한 걸음만 더 나가보자며
섬 하나 남해로 뛰어들었다

배

누구나 한 척 있지
그대 지금 어디로 밀고 가시는가

한계령

천천히 넘어라
서둘러봐야 인제다

안부

그리운 것들은
늘 입이 무겁다

그립지 않은 것들도
곧 그리워질 것이라 한다

1월 1일

누군가에게는 탄식의 언어
누군가에게는 환희의 언어

세상에, 또 한 살을 먹다니!
세상에, 또 일 년을 주시다니!

별로 살아야 한다

별로 가진 것이 많지 않아도
별로 아는 것이 많지 않아도
별로 웃을 일이 많지 않아도
별로 사는 사람들이 있다

별로 살아야 한다

2월 예찬

이틀이나 사흘쯤 더 주어진다면
행복한 인생을 살아갈 수 있겠니

2월은 시치미 뚝 떼고
빙긋이 웃으며 말하네

겨울이 끝나야 봄이 찾아오는 게 아니라
봄이 시작되어야 겨울이 물러가는 거란다

봄

어둠이 아니라 빛을 봄
어제가 아니라 내일을 봄
미움이 아니라 사랑을 봄
내가 아니라 우리를 봄

비바람 불고 눈보라 치는 날에도
나의 눈에는 언제나 봄

봄은 어디서 오는가

아직은 살아볼 만한 세상이라고
해마다 꽃들이 다시 핀다

젖은 마음을 햇살에 말리고
웃음꽃 한 송이 얼굴에 싱긋 피우면

사람아, 너는 봄의 고향이다

봄 편지

그의 이름을 부르면
마음에 봄이 찾아오는 사람이 있어
그대여, 꽃을 부르듯
너의 이름을 가만히 불러본다

사랑은… 따듯하여라

봄비

심장에 맞지 않아도
사랑에 빠져 버리는
천만 개의 화살

그대 피하지 못하리

여름비

상한 영혼 맑게 씻어주는
새벽 산사의 풍경 소리

낮은 곳으로 흘러가거라
흘러가 바다의 자식이 되어라

8월 예찬

내가 사랑했던 여자는
8월을 닮았네

8월이여 영원하라!

9월

어디까지를 여름이라 부르고
어디부터를 가을이라 부르시겠나

이쯤이면
모두 그쯤 해 두시게

10월

10월이 물감을 듬뿍 찍어
내 영혼을 칠한다

가렴, 10월에도 떠나지 못한 영혼은
겨울이 길고도 추우리니

10월 예찬

生에는 서성거려도
좋을 때가 가끔 있지

10월은
늘 그렇다네

안부를 묻다

잠은 잘 잤냐고
밥은 먹었냐고
아픈 곳은 없냐고
많이 힘드냐고
얼마나 걱정하는지 아느냐고

풀잎 같은 세상에
꽃잎 같은 사람들

행복하라고
부디 힘내라고

징검다리

징검다리 하나 건너는 게
生이다 싶겠지만

흘러가는 거친 물살을 이겨내야 하는
징검다리가 生이다

그런데도 징검다리가 되어주는 게
참 生이다

참 좋은 인생

참 좋은 사람들과
참 좋은 세상에서
참 좋은 생각을 하며
참 좋은 하루를 삽니다

조금은 부족한 내가
참 좋은 인생을 삽니다

인생 예찬

살아 있어 좋구나
오늘도 가슴이 뛴다

가난이야 오랜 벗이요
슬픔이야 한 때의 손님이라

푸르른 날엔 푸르게 살고
흐린 날엔 힘껏 산다

Ⅱ

살아 있는 한 첫날이다

행복

겉이 근사한 사람이 아니라
곁이 따뜻한 사람에게 찾아온다

다른 사람들이 그 곁에
오래도록 머물고 싶어하는

봄

다시 돌아온
첫사랑 같은 계절
그림자도 따뜻해져
기지개를 펴고 일어나 앉는다
자, 다시 새로운 눈으로
세상을 밝고 맑게 바라보자

다시 돌아온
첫사랑 같은 계절
그림자도 따뜻해져
기지개를 펴고 일어나 앉는다

봄 편지

그대를 위해
다시 봄이 온다

피어나라고
눈부시게 활짝 피어나라고

긴 겨울 잊었을 수도 있겠으나
그대가 꽃이라고

꽃이 그늘을 아파하랴

꽃이 그늘을
아파하랴

나무가 그늘을
두려워하랴

내 영혼의 그늘
서러울 것 없어라

산도 그늘을 이끌고
살아가거늘

그늘도
그늘과 함께 눕거늘

풀씨

이름은 없어요
성姓은 풀

바람이 시작할 곳을 결정하지만
아스팔트도 두렵진 않아요

모두가 꽃이 될 필요는 없잖아요
나는 녹색의 피리를 불 거니까요

길을 걷다 나를 보면 손을 흔들어 줘요
나도 당신의 삶을 응원할 테니

숲숲

숲이 나눠져
수풀이 되는 것인지

수풀이 모여
숲이 되는 것인지

그쯤이야 숲에서는
풀 한 포기 정도의 생각거리겠으나

우리네 사람들
숲과 숲처럼 모여 숲숲이 됐으면

내 영혼
숲숲했으면

별

나를 바라보며
소원을 빌지는 마

어둠 속에서도
스스로 빛나는 사람이 되어야 해

꽃도 동굴 속에 갇혀 있다
혼자 피어나는 거란다

별 2

꽃이라 불러주길 바라지 마라
그대 별인지도 모르니

만약 지금 어둠에 둘러쌓여 있다면
그런데도 그대의 영혼 더욱 반짝인다면

별 3

어둠이 아냐
절망이 어떻게 희망에게 생명을 주겠니

나를 빛나게 하는 건
내 안에 스스로 타오르는 불이란다

별 5

미소가 환한 까닭일까
심장이 뜨거운 까닭일까

별 하나 다른 별보다 밝게 빛나네
어둠은 서로 같은데

달

모두 해가 될 수는 없단다
어둠을 비춰주는 사람도 있어야 해

언제나 완벽할 수는 없단다
나도 한 달에 하루만 보름달인 걸

꽃

작은 일로 가시가 돋을 때
이 사람은 전생에 무슨 꽃이었을까
마음속으로 빙긋이 생각해 봅니다

나는 또 어떤 꽃이었을까요

용서

나도 당신과
똑같은 실수를 할 수 있기에

어쩌면 당신보다
더 큰 실수를 할 지도 모르기에

당신과 나는
불완전한 인간이기에

용서가 우리를 조금이나마
더 나은 존재로 만들어 줄 것이기에

마음꽃

꽃다운 얼굴은
한 철에 불과하나

꽃다운 마음은
일생을 지지 않네

장미꽃 백 송이는
일주일이면 시들지만

마음꽃 한 송이는
백 년의 향기를 내뿜네

청춘십일홍

여보소, 꽃 한 철
수이 짐을 탓하지 마오

꽃이야 제 몸이
꽃인줄이나 알고 피고 지건만

사람은 제 몸이
꽃인줄도 모르고
청춘을 수이 떠나보내더라

오늘

십 년쯤, 이십 년쯤
오랜 세월이 탁류처럼 흐른 후에
너는 긴 한숨을 몰아쉬며
이렇게 비탄에 잠긴 목소리로 말하겠지

다시 그 시절로 돌아갈 수만 있다면!

오늘이 청춘

어깨와 허리, 무릎이 모여 말합니다
"청춘이 좋았는데"

심장이 말합니다
"오늘이 가장 좋은 거야"

아우야 꽃구경 가자

아우야
꽃구경 가자

오늘 핀 꽃
내일이면 지리니

시름일랑
꽃 진 후로 미루어 두고

아우야
꽃구경 가자

아우야
꽃세상 가자

춘일서정 春日抒情

봄밤 꽃피는 소리에
잠을 깨고

봄비 꽃지는 소리에
꽃잎을 헤아리네

욕심도 아서라
슬픔도 아서라

봄볕 꽃그늘에도
꽃 피어난다

어머니

어쩐지 길을 잘못 걸어온 듯 느껴지는 날
겁먹은 어린아이의 눈길로 뒤돌아보면
저만큼 당신이 서 있을 것만 같습니다

어머니,
아직도 손을 흔들고 계시겠지요

고구마

잘 익었는지
젓가락으로 푹 푹 찔러보는 것

슬픔이나 아픔 따위가
설마 그런 일은 아니겠지요?

하여간 큰 고구마일수록
오래 삶아야한다는 것쯤은 알고 있습니다마는

라면

딱딱하게 배배 꼬인 놈이
세상에서 가장 부드러운 면발로 변해
어느 가난한 입에
부러울 것 없는 미소를 짓게 만들기 위해서는
반드시 한 번은 펄펄 끓는 물에
들어갔다 나와야 한다

生이여, 알겠지?

희망

한 줌 한 줌
빛을 퍼뜨리며

조금씩 천천히
절망을 헤쳐 내는 것이다

밤을 이기는 것은
낮이 아니라 새벽이요

어둠을 이기는 것은
한낮의 태양이 아니라 새벽 여명이다

힘을 냅니다

인생이란 종종
운명과의 한 판 승부

가위 바위 보 중에서
그가 무엇을 낼 지는 모르겠으나

나는 언제나
용기를 냅니다

나는 언제나
힘을 냅니다

여행

집안에 있거나
길 위에 있거나
사람은 누구나 여행자
지구를 타고 우주를 흘러간다

더 지혜로운 별들이
침묵의 목소리로 속삭이느니
보아라 그대 눈에 익숙한
낯선 세상을

웃으며 가라

사는 게 왜 이리 힘드나
탓하지 말게

죽으러 가는 길이니
힘들 수밖에

죽기도 참 힘들군
그냥 웃어버리시게

살짝 말해주네만
사는 게 사는 게 아니라네

새해

소나무는 나이테가 있어
더 굵게 자라고
대나무는 마디가 있어
더 높게 자라고
사람은 새해가 있어
더 곧게 자라는 것

꿈은 소나무처럼
푸르게 뻗고
욕심은 대나무처럼
가볍게 비우며
새해에는 한 그루
아름드리 나무가 되라는 것

살아 있는 한 첫날이다

살아 있는 한 첫날이다
사랑하는 한 첫사랑이요
기다리는 한 첫눈이다

어제는 흘러간 강물
내일은 미지의 대륙
오직 오늘만 내 손 안에 있네

살아 있는 한 마지막 날이다
사랑하는 한 마지막 사랑이요
기다리는 한 마지막 눈이다

Ⅲ

너의 꽃말

나의 종교

하늘에는
신

땅에는
당신

너를 사랑하여

벗꽃 한 잎
땅에 떨어지는 동안

사랑한다
일만 번 고백을 한다

너에게 가는 길

너를 만난 후
내 가슴에 낮선 길 하나 생겼다

다시는
돌아오지 못할 것 같다

너의 꽃말

진달래는 불타는 사랑
벚꽃은 흩날리는 이별
목련은 순결한 그리움
작은 꽃 한 송이
너는 나의 운명

진달래처럼 사랑하다
벚꽃처럼 이별해도
목련처럼 그리워할
너의 꽃말은 나의 운명

너를 사랑한다는 것

먼바다 갯벌을
걸어 돌아오는 사람 같았다

그의 등에 업힌
저녁노을 같았다

가끔 흔들렸지만 늘 붉었다

사랑이 오는 소리

비는
방울방울 오고

눈은
송이송이 오네

사랑은
어떻게 오나

그야 물론
송울송울 오지

애평선 愛平線

땅과 하늘이 만나
지평선을 만들고

물과 하늘이 만나
수평선을 만들고

나의 그리움과 너의 그리움이 만나
애평선을 만든다

흐린 날
더 멀리 보인다

나의 그리움은 밤보다 깊어

그대를 생각하기엔
하루가 짧고

그대를 사랑하기엔
일생이 짧다

어둠 내려 앉기 전
새벽 밝아 오니

그대를 향한 그리움
밤보다 깊다

사랑

맑은 날에는
잠시 잊혀지더라도

흐린 날에는
가장 소중한 우산처럼

사랑아

살아가는 일이
얼음꽃 같을 때
너의 이름을 부른다

사랑아,

진눈깨비 쏟아지는 길 위에서도
나는 너를 잊지 않았다

사랑은

사람은 하루에
오만 가지 생각을 하지만

사랑은 하루에
단 한 사람만을 생각하는 것

그렇지! 사랑이란
단 한 사람에 대해 오만 가지 생각을 하는 것

사랑이라는 나무

그 뿌리는 믿음
그 줄기는 인내
그 가지는 이해
그 잎은 배려
그 꽃은 용서

우리 가슴 속
사랑이라는 나무
날마다 조금씩 날마다 조금씩

바람 부는 봄날에는

벗꽃나무 아래
꽃비 흩날리니
술잔마다 꽃잎 떠있네

가난이 무슨 걱정이랴
오늘은 꽃잎 깔고
내일은 꽃잎 덮으리

바람 부는 봄날에는
동백꽃 닮은 여인을
만나고 싶어라

너는 첫눈을 기다리고 있을 것이다

지금쯤 너는 첫눈을
기다리고 있을 것이다

첫눈이 오면
마치 오래도록 기다리던 사람이
운명처럼 함께 찾아오기라도 할 듯이
너는 간절하게 애태우며 기다리고 있을 것이다

어리석은 생각이다만
나도 그렇다

선운사

아무래도 헤어지기 어려운 여자와
선운사 대웅전 뒤켠으로 함께 가
이별은 동백꽃 모가지째 떨어지듯이 하잔게
말하였더니 그 여자 눈물만 송이송이 떨어뜨리며
이제 막 땅에 떨어진 동백꽃 하나 주워들고는
참, 징하요, 말하는 것이더라

사랑의 늪

너에게 조금씩
빠져드는 것이 아니다

네가 나를 가벼이 벗어날 수 있다는 것을
내가 너의 늪이 될 수 없다는 것을 깨달을 때

사랑은 늪이 된다

사랑이 아프게 할 때

사랑하는 일
암초처럼 느껴질 때

한 걸음만
더 옆으로 다가서라

두 개의 암초가 모여
하나의 바위섬이 된다

사랑했기에

오늘 심장을 찌르는 가시는
당연한 일

오래 전 붉은 장미 한 송이
가슴에 삼켰으니

능소화

행복하게
잘 살고 있는 거지?

어찌 저 꽃은 손나팔까지 불며
내 할 말을 지가 묻고 있는가!

능소화 활짝 필 때
훌쩍 져버린 사랑 하나 있었다

능소화 훌쩍 질 때
활짝 피어나는 그리움 하나 있다

꽃아, 아프지 마라

흰 접시꽃

해사한 얼굴을 찍어
너에게 보낸다

아, 나는 너를
얼마나 붉어하는 것이냐

신들이 잠든 밤에도
별을 바라보며 기도하는 사람 있느니

꽃아, 아프지 마라

IV

기다리는 것들이 돌아오지 않아
삶이 아플 때

인생

어쩌겠는가
해도 안 되는 일이 있는 것을

수십억 년째
동쪽에서만 뜨는 것을

꽃

꽃이여,
우리 몸 한 번 바꿔보지 않겠는가

사람이여,
네가 허공에서 훌쩍 뛰어내릴 수 있겠는가

별 걱정

별 걱정을 다 하며 산다

내 영혼 별처럼 맑은지
때묻어 흐려지진 않았는지
어둠 속에서도 더욱 반짝이는지

나 그대에게
별 같은 사람인지

기다리는 것들이 돌아오지 않아 삶이 아플 때

기다리는 것들이 돌아오지 않아
삶이 아플 때가 있다

영영 돌아오지 않을 줄 알면서도
끝내 포기하지 않는 건

사랑아, 너를 기다리지 않으면
삶이 더욱 아파하겠기에

늦게 피는 꽃

꽃들이 다 진 후에야
홀로 피어나는 꽃이 있다

겨울에 피어나는 꽃도 있다고
동백에게는 동백의 꿈이 있는 법이라고

꽃들이 앞다퉈 피어날 때도
묵묵히 먼날을 준비하는 꽃이 있다

커피

꽃도 아닌 것이
향기롭게 만들고

술도 아닌 것이
취하게 만든다

사랑도 아닌 것이
그립게 만들고

인생도 아닌 것이
뜨겁게 만든다

이 깊고 은밀하고 진중한 것을
무엇이라 부르랴

분명코 커피만은 아니리니

블랙커피

커피를 마시다
울었다

그립거나 슬픔 때문이 아니라
커피가 뜨거워서 그랬을 뿐

손끝으로 전해져
내 삶이 하도 뜨거워서 그랬을 뿐

이를테면 내 생은
블랙커피인 것이다

술잔 마주 놓고

살아가는 일이
시린 날이면

소주잔 두 개
마주 놓고

밤새 너와 가슴 뜨거운 이야기
나눠보고 싶다

生이여

술

사막을 건너기 위해서는
물이 필요하듯

인생이라는 사막을 건너기 위해서는
술이 필요한 것

갈증이 아니라
망각을 위해

인생이 사막이라는 사실을
잊기 위해

사막

별만 보고 찾아가야 하는
길이 있다

낙타의 걸음으로
걸어가라

달빛선인장은
일 년에 단 하룻밤만 꽃을 피운다

권주가

아침에 핀 꽃은
저녁 바람에 지고

밤에 내린 눈은
아침 햇살에 녹네

그대여 잔을 비우라
살아가는 일은 그보다 더 짧으니

낮과 밤을 가려 무엇하랴
노을과 단풍을 얼굴에 물들이세

사람에 약하길

술 한 잔만 마셔도
얼굴이 새빨개지는 사람들이 있다

살아가는 동안
사랑이나 우정을 마실 때
나의 영혼이 늘 그러하기를

사람에 약하길

돈

그놈의 돈이 뭔지
묻는 사람들이 있던데

알면서 왜 묻나
돈이 먼지라네

저녁의 시

급한 일이라도 있는지
어둠보다 별이 먼저 도착한 저녁
거미가 보따리를 풀듯
그리움을 허공에 풀어놓는다

내 비장히 노린 것은
사랑이었으나
먼저 걸려든 지구가
퍼드득 퍼드득 몸부림을 친다

밤이여,
서둘러 나의 비애를 덮으라

장미의 전쟁

한 송이 꽃을 지키려
제 피부를 찢고

수백의 가시를 돋아내는
장미의 전쟁

보느녀
내 영혼의 꽃대여

겨울 원대리

씻을 죄라곤 한 점 없을 삶인데도
겨울 내내 흰 눈으로 온몸을 씻고 있는
자작나무 사이를 거닐며
바람이 불 때마다 쏟아져 내리는
소금 같은 눈사발 몇 됫박 뒤집어쓰고
흰 슬픔으로 검은 영혼을 씻기다 보면
어느새 봄볕보다 따스한
겨울 원대리

산

사람들은 말하지
다시 내려올 걸 무엇하러 올라가나

산도 말한다네
다시 내려갈 걸 무엇하러 올라오나

바다

바다에 앉아 바다를 보네
어제도 왔었지
내일도 오리라

왜 바다에 오냐고 묻지 말게
바다가 못 오니 내가 올 수밖에
바다도 내게 오려 저리 파도치거늘

바다 8

갈매기 한 마리가
바다를 사랑하여도

그의 사랑은
바다보다 넓다

바다 9

긴 획 하나 수평으로 그어놓고
일평생 일자무식으로 산다

살아보라, 한다

바다 31

세상을 털려다
바다까지 밀려왔는데
동전 한 푼 남김없이
바다에게 모두 털리고
조개껍데기처럼 누워 바다를 바라보면
아무것도 잃을 게 없는 생이
가장 많은 것을 가진 생이라는 것을
바다가 바다에서 바다처럼

바다 37

사선을 넘듯 수평선을 넘어
전속력으로 달려오는
저 파도처럼
나의 사랑이 필사적이길

세상에 물 같은 사람 하나 있어
그를 사랑할 때
운명적인 사랑이 아니라
필사적인 사랑으로 달려가기를

바다에서 빈다

바다 49

오늘만큼은 지지 않겠다며

바다와 하늘이
푸른빛의 경연을 벌이는데

지기는 내가 진다
잘 살아야지

바다 71

주-욱 잡아당기면
바다가 한꺼번에 끌려올 것만 같아
결국엔 모두 사라져버릴 것만 같아
망설이다 망설이다
손끝에서 놓아버린 수평선

7월 당신

마음살이

마음먹는 대로 사는
인생 어디 있겠는가마는

세상살이
마음먹기 나름이라잖은가

마음에 드시는 게 아니라
마음을 드시는 거라네

햇살 같은 마음 샘물 같은 마음
마음껏 드시면 되는 거라네

가장 위대한 시간

꽃은 언제 피어나는가
태양은 언제 떠오르는가
바람은 언제 불어오는가

다시!

사랑은 언제 찾아오는가
희망은 언제 솟아나는가
용기는 언제 생겨나는가

또 다시!

희망

너는 가끔씩
돌멩이 밑에서 자란다
누구도 보지 않는 틈에서
숨죽인 채 초록을 만든다

너는 언제나
어둠 속에서 자란다
누구의 도움도 기다리지 않고
마침내 스스로의 손으로 힘차게 땅을 밀어올린다

저녁의 기도

시간이라는 새가
오늘이라는 꽃 한 송이를 물고
과거라는 산을 넘어 날아간다
오늘밤에도 나는 그 꽃에 물을 주리라

서시

사백삼십 광년을 달려
이제 막 지구에 도착한 북극성처럼

나 전 생애를
별빛으로 날아가고 있느니

詩여, 너는 어드메 푸른 별이냐

그대 아시는지

꽃을 아름답게 피우는 건
햇볕이지만

꽃을 향기롭게 피우는 건
별빛인 것을

꽃처럼 산다는 거
열매를 맺으려
일생을 애쓰는 일임을

그대 이미 꽃처럼 살고 있음을

한 번은 詩처럼 살아야 한다

누구라도
한때는 시인이었나니
오늘 살아가는 일 아득하여도
그대 꽃의 노래 다시 부르라

누구라도
일평생 시인으로 살 순 없지만
한 번은 詩처럼 살아야 한다
한 번은 詩인 양 살아야 한다

그대 불의 노래 다시 부르라
그대 얼음의 노래 다시 부르라